Les exposicions d'il·lustració
"Nenes, bruixes i princeses"
i "Prínceps, herois i valents",
creades i coordinades per l'il·lustrador
i professor d'il·lustració Ignasi Blanch,
van inspirar un seguit d'històries
al grup de contacontes Vivim del Cuentu.

Aquesta col·lecció de "Contes desexplicats"
sorgeix de la col·laboració
entre el grup Vivim del Cuentu
i alguns dels joves il·lustradors
participants a les dues mostres.

Per als amants de la xocolata i la verdura tendra.
I per a l'Ona i el Pau, dos germanets amb qui se'ns fa la boca aigua
quan ens regalen el seu dolç somriure.

Vivim del Cuentu

Per a la meva família.
Gràcies per deixar el llum encès perquè sempre trobi el camí.

Sara

contes desexplicats

Disseny de coberta:
Elisenda Nogué (Metagràfica)

Primera edició: setembre de 2016

ISBN: 978-84-479-3265-8
DL B 14656-2016

Impressió:
Edelvives Talleres Gráficos. Certificat ISO 9001
Imprès a Saragossa, Espanya

HANSEL, GRETEL I LA FADA XOCOLATERA

Vivim del cuentu

Il·lustracions: Sara Porras

BAULA

Aquesta és la història de dos germans molt llaminers, en Hansel i la Gretel.

Com a molts infants, els encantaven les llaminadures i, sobretot, la xocolata.
Tan bon punt el pare o la mare es despistaven, corrien al rebost per agafar alguna galeta de xocolata d'amagat. Quan arribava l'hora de sopar, però, no hi havia manera que mengessin res.

El pare i la mare els havien dit moltes vegades que, de llaminadures, només havien de menjar-ne de tant en tant i no gaires, però ells no en feien cas.

—Hansel —advertia el pare—, només un trosset de xocolata, que, si no, et farà mal la panxa.

—Gretel —deia la mare—, si menges caramels cada dia, se't faran malbé els queixals.

Al poble hi havia un rumor
que deia que enmig del bosc hi havia
una fada xocolatera que tot el dia feia llaminadures,
i que li agradava tant fer-ne que havia construït
una casa de caramels i xocolata.
En Hansel i la Gretel no es creien gaire aquella història,
però la idea d'una casa feta de llaminadures
era una gran temptació...
I si de debò existia?

Un bon dia, van decidir esbrinar si aquella casa tan deliciosa era real. Van preparar un sarró amb pa amb xocolata, pastissets i uns caramels i, xino-xano, es van endinsar al bosc. Per poder trobar el camí de tornada, anaven llençant alguns dels caramels a terra. Després d'una llarga caminada, van trobar una casa espectacular feta de llaminadures. Van fer uns ulls com unes taronges.

—La casa de la fada xocolatera existeix de veritat! —van exclamar alhora.

Les parets eren de xocolata; les finestres,
de caramels de maduixa, i la xemeneia, de regalèssia.
La porta era entreoberta; van trucar,
però com que no va contestar ningú,
van decidir entrar.

Un cop a dins, van descobrir una habitació
feta de xiclets; en una altra, hi havia núvols de sucre,
i fins i tot n'hi havia una plena de bombons.
Van quedar bocabadats.

En Hansel i la Gretel es van abocar
a llepar una de les finestres.

—Quin berenar més dolç! —deia en Hansel.

—És boníssim! —afirmava la Gretel.

—I aquests bombons són espectaculars! —intentava dir
en Hansel amb cinc bombons a la boca.

Després d'haver tastat una mica de cada part
de la casa, la Gretel ja n'havia tingut prou:

—No n'hauríem de menjar més. Tornem cap a casa.

—Jo en vull més! —va protestar en Hansel—. M'acabaré
aquest núvol de sucre i després em menjaré les finestres
del primer pis, amb els mànecs i tot!

Mentre la Gretel intentava convèncer el seu germà,
va passar una cosa ben estranya:
el cap d'en Hansel va començar a créixer
i a tornar-se de color vermell.
La resta del cos es va aprimar
fins a convertir-se en un pal.

—Visca, sóc una piruleta gegant! —va dir en Hansel,
feliç com un anís.

Mentre en Hansel saltava d'alegria, la Gretel va sentir sorolls a l'habitació del fons del passadís.
S'hi va acostar i hi va trobar una dotzena de nens i nenes convertits en caramels, que saltaven i jugaven ben contents perquè s'havien tornat llaminadures.

—I vosaltres què hi feu, aquí? —els va preguntar la Gretel.

—Aquest matí hem vingut a veure si la casa de caramels existia. I, quan ja portàvem una estona menjant-ne trossos, ens hem convertit en llaminadures. Mira..., jo sóc un núvol de sucre i puc rebotar contra les parets.

—I jo sóc un caramel de maduixa i els meus cabells són de color de rosa.
És genial!

La Gretel se'ls mirava i no s'ho creia.

—Però... I ara què fareu? No podreu jugar,
ni anar a l'escola i els vostres pares no us reconeixeran!

En aquell moment, va arribar la fada xocolatera,
que venia del bosc. En veure'ls, va exclamar:

—Això us passa per menjar més dolços del compte!

I és que la fada havia inventat un encanteri
que convertia els més llaminers en caramels.
Ho havia fet perquè els nens i les nenes aprenguessin
a menjar els dolços amb mesura.

—La mare sempre em diu que sóc el seu bombonet,
i ara ho seré de veritat! —deia un nen
cobert de xocolata.

—Quan no puguis fer el que fan els altres,
no riuràs tant —el va advertir la fada.

De mica en mica, es van adonar que la Gretel i la fada potser tenien raó. I quan van demanar a la fada que els tornés a convertir en nens i nenes, ella els va dir:

—Ah, això no és tan senzill. Si voleu tornar a ser com abans, haureu de demostrar que sabeu menjar bé. Cal menjar-se una sopa de verdures i no deixar-ne ni una gota.

—Ecs!! Quin fàstic! No volem menjar verdures! —van exclamar tots els nens i nenes.

—Doncs no se'n parli més. Sereu caramels per sempre —va dir la fada, ben decidida.

Finalment, van acceptar que no es podien quedar d'aquella manera tota la vida i van fer tot allò que la fada els va ordenar: tots havien d'anar a buscar les verdures a l'hort i fer ells mateixos la sopa. La Gretel, tot i que no s'havia convertit en caramel, també va ajudar els nens i les nenes.

Cadascú va anar collint ara una col, ara un bròquil, ara una pastanaga, i ho van tirar a l'olla que la fada els havia preparat. Quan la sopa va estar a punt, se la van començar a beure tot fent escarafalls, però, a poc a poc, es van adonar que era per llepar-se'n els dits, i que les verdures podien ser boníssimes. A mesura que anaven menjant, tornaven a ser nens i nenes com abans.

Seguint els caramels que en Hansel i la Gretel havien deixat pel camí, tots els nens i nenes van poder tornar al poble.

Aquell vespre, quan els dos vailets van ser a casa i van explicar la seva aventura, el pare i la mare no s'ho van acabar de creure. Però, això sí, des d'aquell dia en Hansel i la Gretel ja no van tornar a menjar més llaminadures del compte, i quan hi havia sopa de verdures se la menjaven encantats, tot recordant l'aventura de la fada xocolatera.